행복한
사랑들

초판 1쇄 펴낸날 | 2008년 6월 10일

지은이 | 최재호
펴낸이 | 이금석

마케팅 | 곽순식 김선곤
물류지원 | 현란
기획·편집 | 한혜진
디자인 | 김미언

펴낸곳 | 도서출판 무한
등록일 | 1993년 4월 2일
등록번호 | 제3-468호

주소 | 서울 마포구 서교동 469-19
전화 | 02)322-6144
팩스 | 02)325-6143
홈페이지 | www.muhan-book.co.kr
e-mail | muhan7@muhan-book.co.kr

가격 9,800원
ISBN | 978-89-5601-216-2(03810)

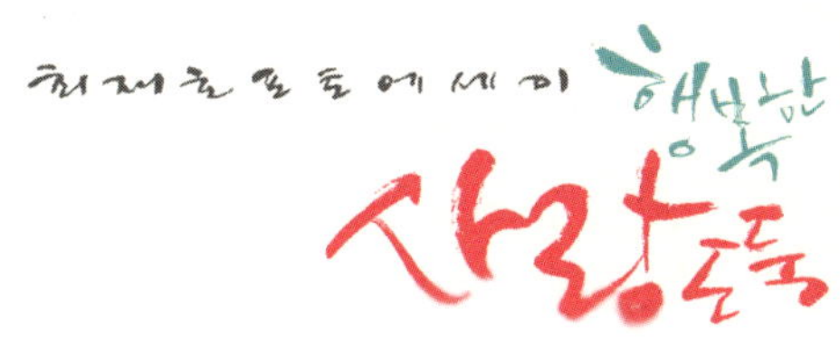

오직 한 사람, 그 사람을 생각하며 적어가기로 했다.
이렇게 긴 연애편지는 시작되었다.

　　자본주의와 물신주의와 패권주의가 인간정신을 말살하는 이 시대에, 최재호는 휴머니즘으로 당당히 맞서 싸운 방송국 PD이자 시인이다. 휴머니즘에 대한 열정은 최재호 시의 시원이자 동력이다. 그의 시에는 절제를 거부한 절제가 돌올하게 솟아 있다. 오직 시를 위해서만 시를 쓰는 시인의 시보다 스펙트럼이 넓다. 세련되지 않은 소박함이 최재호 시의 매력이다. 그리움을 부르는 서정성이 최재호 시의 힘이고 깊이이다. 정형화 된 틀에 시의 공식으로만 언어를 부려 놓은 시들보다 최재호의 시에는 솔직한 열정이 있다. 애잔한 눈물이 있다. 체온을 담고 있는 그의 시에 대한 공감은 감동 이상의 감동을 준다. 최재호의 시는 따뜻하고 고요하다. 수직과 수평을 넘나드는 언어의 곡예보다 그의 시가 더 아찔하고 재밌다. 그의 시는 사랑에 기댈 뿐 사랑을 강요하지 않는다. 손바닥 위에 내려 앉자마자 금세 사라지는 눈송이처럼 쓸쓸하지도 않다. 장광설도 없고, 과장된 목소리도 없다. 도덕을 묵시하는 궁색한 알리바이도 없다.

　비판의 알레고리 대신 비판을 껴안는다. 그의 시는 눈빛 맑은 어린 아이가 손가락에 끼고 있는 꽃 반지 같다. 하여 언어와 수사의 미감만으로 겉돌지 않는다.

　굳이 행간을 읽어야하는 수고로움도 없다. 읽다 보면 행간이 보인다. 최재호의 시를 따라가다 보면 당신과 내가 보인다. 당신과 내가 건너갈 징검다리가 보인다. 그의 웃는 얼굴처럼 그의 시는 맑고 소박하다. 어떤 시는 새소리가 되어 우리의 마음을 씻어주고, 어떤 시는 돌멩이가 되어 우리 마음속으로 날아온다. 치장과 변명의 세상을 살아가는 우리들에게 그의 시는 진실을 일깨워준다. 사랑이 필요하고, 반성이 필요하고, 위로가 필요한 우리들에게 그의 시는 위로와 평화를 준다. 시는 우리의 삶으로 환원될 수 있어야 한다고, 나는 생각한다. 시의 궁극은 인간의 궁극과 다르지 않기 때문이다. 착한 당신에게도 이 시집이 향기가 되주기를 바란다. 착한 당신에게도 이 시집이 위로와 희망이 되주기를 바란다.

연탄길 작가　이 철 환

십수 년 전 방송국에서 입사동기로 만난 최재호씨
그 후 오며가며 반갑게 인사하는 사이로만 지내왔습니다.

그러다 같은 프로그램에서 일하게 되면서
실력있는 프로듀서이고, 열정적인 사람이라는 걸 알게 되었어요.

이렇게
오랫동안 가슴 깊이 품어왔을 그의 노래를 접하고 보니
인간적인 면모에 더욱 친근감을 느끼게 되었습니다.

삶에 대해 묻고 대답하는 그의 언어가,
생활 속에 웃고 때로 눈물 흘리는 그의 감정이
이 시집을 펼치실 여러분의 마음에도
고스란히 전해지기를 바랍니다.

방송인 이 금 희

노란노트의
프롤로그

하나의 연가

가장 순수한 언어로, 진실한 마음으로, 나의 노래를 부르겠습니다.
때론 속삭이듯, 시를 읊듯이 때론 천둥같이 힘있고
건강한 목소리로 나의 노래를 부르겠습니다.
하나를 가꾸어 가겠습니다.

하나의 아름다움을 포착해내는 조각가 같은 시인이고 싶습니다.
어디엔가에서 환한 미소로 내게 다가올 그 하나!를 위해
지금은 나를 갈고 닦을 시간입니다.
아침햇살의 눈부심과
저녁노을의 성숙한 아름다움을
늘 기억하며 살겠습니다.

어디엔가 있을 그 하나!를 위해, 나를 가꾸어 왔습니다.
그리고, 여기 있습니다.
내 마음!! ....

부끄러운 나의 속살
사춘기

돌이켜보면 나의 사춘기는 설레는 떨림이기보다는, 숨막히는 진동으로 나를 괴롭혀
왔다. 아프고 고통스러웠고, 그리고 길었다.

그 숨막히게 살아냈던, 사춘기의 기억들이 문득 그리워지는 것은 무엇 때문일까?
이성을 향한 막연한 동경, 짝사랑의 아픔, 나라는 존재의 가벼움에 대한 좌절.

내 나이 마흔 즈음에, 젖은 눈으로 되돌아 보게 되는 그 시절이 눈물나도록 그립다.
"젊은 날, 내 사랑은 늘 애매해서 아름다웠다.
하지만 요즘 젊은이들의 사랑은 너무나 정확해서 숨이 막힌다."
문득 스쳐지나가는 시구 절 하나…….

그렇다. 나는 또다시 아날로그 사랑을 하고 싶은 것이다.
사랑의 열병을 앓고 싶은 것이다.
아파하면서 내 존재의 가치를 확인해보고 싶은 것이다.
내 자신을 향해, 가족을 향해, 세상을 향해…….

노랗고 예쁜 노트 한 권을 샀다.
거기에다 내 마음을 담아보기로 했다.
특별한 사랑고백을 하고 싶었다.

운명같은 인연으로 다가와 숨이 탁 멎게 하는 사람
이 세상 어디엔가에 있을 나의 반쪽
소중한 나의 반쪽이 눈물나도록 감동하게 될 나의 마음을 담아내고 싶었다.

길을 걷다가 문득 스쳐지나가는 그리움, 아름다운 것을 보게 됐을 때
느껴지는 뭉클함과 허전함, 그 순수한 감정들을 담아내고 싶었다.
오직 한 사람, 그 사람을 생각하며 적어가기로 했다.
긴 연애편지는 이렇게 시작되었다.

그 노란노트를 지금의 내 아내에게 주었고
우리는 만나지 한 달 십칠일 만에 결혼했다.
이제는 서로에게 너무 익숙해 그저 편하고 좋은 사람.

책장 깊숙이 박혀있는 먼지 낀 노란노트.
아물어가는 상처를 다시 들춰 내기엔 용기가 필요했다.
하지만 절실했다. 이렇게 내 추억의 기차는 사춘기로 향했다.
뒤돌아보면, 어색하고, 진지했고, 나름대로 심각했던
그래서 더 아름다웠던 시절.
아, 그리운 내 사춘기여…….

Index

일 년 전 바로 오늘 만났습니다

만난 지 1년 째 되는 날

노란색 편지 한 통이 왔다.

아내의 편지였다.

아내의 편지

만난 지 1년 째 되는 날, 노란색 편지 한 통이 왔다.
아내의 편지였다.

이 시간, 처음 만났을 때의 어눌함이 저를 설레게 합니다.

일 년 전 바로 오늘 만났습니다.

흔히들 하는 말처럼 사랑하기에 결혼했다기보다는

서로의 믿음이었습니다.

분명한 건 너무도 잘했다는 것입니다.

눈물이 날 정도로 귀엽고 예쁜 다현이를 주신 하나님께 감사하고

그런 아이를 낳을 수 있게 또 아내에서 엄마라는 타이틀을 하나 더 내어준

당신이 내겐 더없이 자랑스럽습니다.

Do you know how much I love You?

우리의 일 년이 이처럼 아름다웠다면

앞으로의 시간들도 그러하리라 확신합니다.

서로 사랑하며 또한 진정한 사랑을 베풀며 열심히 살아가는

우리가 되고 싶습니다.

당신께는 더 없는 양처가, 다현이에게는 더없는 현모가 되도록

노력하겠습니다.

1992. 9. 3
당신의 아내

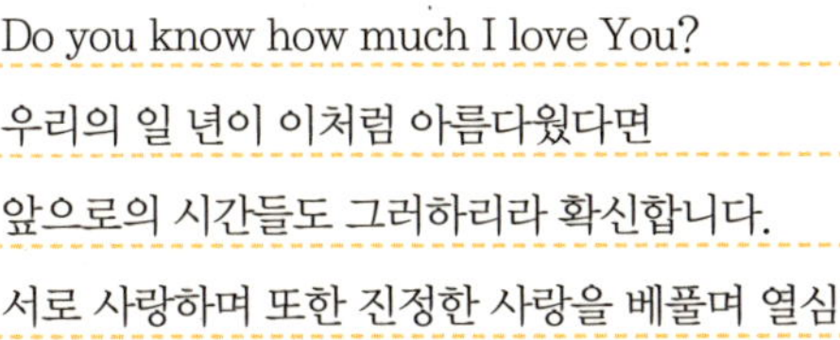

사랑하는 당신께

　　　　　'잘 생기지는 않았지만 왠지 자신감이 있어 좋아보였던 사람, 살아갈수록 행복에 겨워 눈물이 나게 해주겠다는 그 말 한번 믿어볼까?
　당신을 처음 만나고 온 날, 내 일기장에 적어놓은 글귀입니다. 자신의 일에 커다란 자부심과 긍지를 가진 한 남자에게 내 인생을 맡겼고, 그것이 최상의 선택이었음을 감사하며, 공주병(?)에 걸린 듯, 세상에서 가장 행복한 여자라고 생각하며 살아가는 당신의 아내입니다.

처음 만나, 내게 청혼할 때 누군지는 모르지만 언젠가 만날 또 하나의 나를 위해 기도하는 마음으로 시를 썼다며 당신이 내게 주신 〈하나의 연가〉라는 시집을 주었을 때 나는 너무나도 감격했고 요즘도 가끔 그 시집을 꺼내어 읽어본답니다.

스스로를 로맨티스트라 말하는 가슴이 따뜻한 당신. 이렇게 착한 당신과 두 아이를 주신 하나님께 감사드립니다. 새벽 1시 5분, 당신은 아직도 회사 편집실 자그마한 방에서 일을 하고 계시나 봅니다.

출퇴근시간이 규칙적일 수 없는 것을 알면서도 이렇게 늦을 때면 심술도 나지만 그러기에 앞서 건강을 해칠까 염려가 됩니다. 제가 늘 당신에게 진담 반 농담 반으로 하는 말 있지요? 당신은 일중독환자라고 말이예요.

PD라는 직업의 특성 때문에 밤새기를 밥 먹듯 하는 와중에서도 늘 가족에 대한 따뜻한 배려와 사랑에 감사하고 있습니다.

앞만 보고 달려가다 보면 결승점에 도달하는 데는 남보다 조금은 빠르겠지요. 하지만 달려가는 길가의 아름다운 경관과 사랑스런 사건들을 그냥 지나치지 마세요. 하루가 다르게 훌쩍 커버리는 우리 아이들을 보면서 순간순간

들이 얼마나 사랑스럽고 감사한지 모르겠습니다.

나를 가장 아껴주고 염려해주는 당신이 너무도 고맙습니다.

하루는 다현이가 나에게 다가와 '아빠는 엄마한테 너무 잘해주는 것 같아요.'라며 시샘하듯 말을 했답니다. 당신이 나를 늘 아껴주는 그 마음을 아이들이 자연스레 배웠으면 하는 바람을 가져봅니다. 내가 하는 일에 자신감을 가질 수 있도록 격려해주는 당신이 너무나도 소중합니다. 이제는 당신의 얼굴만 보아도 또 목소리만 들어도 모든 것을 알 수 있을 만큼의 시간이 흘렀습니다.

무감각과 권태가 스며들지 못하도록 처음 사랑을 잃지 않겠습니다.

결혼식 날에 당신이 내게 지어준 시를 적어보며 우리의 사랑을 다시금 느껴봅니다.

결혼식 날

살아서 눈부심이,
당신으로 빛나던 날!
이처럼 귀한 인연이
어디에 또 있을까?

버릴 것 다 버리고
까만 씨앗으로 영글어
평생을 업보처럼 아프게
황금 같은 사랑을
당신의 하얀 손가락에
따뜻한 온 가슴에……
나의 사랑, 나의 신부.
사랑해요.

사랑하는 아내에게

    세상은 넘치게 아름답고, 그 절정의 아름다운 자연 앞에 나는 지금, 숨이 차도록 감격하오. 삶이 이처럼 아름답다는 그 감격의 주체는 사랑하는 나의 아내, 바로 당신이오.

물론 우리 삶에 있어 새콤달콤한 양념의 역할을 톡톡히 해내는 소중한 아이들, 다현이와 형광이를 포함해서 말이오. 당신을 처음 만나 첫눈에 반했고, 만난 지 한 달 보름 만에 결혼을 하는 기록(?)을 세웠는데, 그 과감한(?) 선택!

너무나 잘했다는 생각이 드는구려.

여보!

결혼 후, 1년이 되던 날, 당신이 회사로 보낸 노란 편지, 아직도 소중하게 간직하고 있소.

'나를 만나게 해준 하나님께 감사하고, 살아갈수록, 새록새록 행복이 넘쳐난다' 는 솜사탕같이 달콤한 편지. 가끔 읽어보며, 흐뭇해하곤 한다오.

맏며느리에, 시아버지를 모시고 살면서도, 싫은 내색 한번하지 않고 휴

일에도 출근을 하고 일주일에 서너 번 쯤은 새벽 두세 시가 넘어 귀가하는 빵점 남편 빵점 아빠지만, 묵묵히 기다려주고 믿어주며 두 아이를 지혜롭게 키우며 알뜰살뜰 살아주는 당신이 무척 고맙다는 생각이 드는구려. 생각하면 너무나 완벽(?)한 당신! 하지만 너무나 완벽해서 가끔은 숨이 막힐 때도 있소. 〈여보! 조금씩만 흔들려. 내가 당신을 안아주게. 늘 내가 필요한 것처럼. 약한 면을 보여줘…….〉

여보!

작년, 이맘때 영월 섬 안이 강가 빨간 우체통 속에 둥지를 틀어 오순도순 살아가는 〈우체통 속의 새〉라는 특집 프로그램을 만들면서 가족의 소중함을 뼈저리게 느꼈소. 나도 우리 가족의 우체통 같은 존재이고 싶소. 나에게 있어 당신과 아이들은 어떤 의미일까?

너무나 귀해, 그 존재의 고마움을 못 느끼는 물과 공기처럼 없어서는 안될 소중한 사람들이오.

당신과 아이들은 내 삶의 노래요, 의미며 지탱해주는 힘이요.

여보, 사랑하오.

최재훈 글 동에세기

Part 1

겨울바다에서 사랑을 건지다

누군가를 사랑해본, 사람은 볼 수 있을 거다.
겨울이
남은 가을을 넉넉히, 품어안는 모습을…….
낙엽이, 한 줌 남은 미련도 벗어버리고
흙으로 돌아가는, 그 즈음에 겨울바다에 왔다.
춤추듯 달려온 바다!

누군가를 사랑하는 사람은 느낄 수 있을 거다.
바다는 샘솟는 그리움이라는 것을…….
순백의 바다!
바라는 것을
다 이루어준다면
바다에서 사랑을 건져올리리라.
참으로 그리워했던, 두 마음이 하나가 되어
함께한 바다!
그대 향한 기다림과 설레임은 파도로 일렁이고
당신의 마음은 하얀 물거품으로 부서져, 하얗게 웃고
수평선 너머 아득히 행복의 성이 지어지고
있었다.

바다가 아름다운 건 비밀이 많기 때문이라 했던가?
가슴속에 출렁이는 바다!
그 많은 비밀속에 우리들의 아름다운 사랑도 있음을 확인했다.
아, 그래서, 나는 행복하다.

멋있게 산다는 것

이렇게들 멋없이 사는 세상에서
멋있게 사는 방법은
미치는 것뿐이다.

너에게 눈총을 받고
그들에게 비웃음을 당할지라도
아픔으로 다듬어진 빛
눈부실 거다.

이렇게들 멋없이 사는 세상에서
멋있게 살 수 있는 길은
날마다 눈물로 노래를 빚는 것뿐이다.

진리가 나에게 가혹할지라도
진실이 그들에게 외면당할지라도
너를 위하여 나를 버리고
그들을 위하여 나를 잊을 때…….

이렇게들 멋없이 사는 세상에서
참으로 멋있게 살 수 있는 길은
미쳐서
미쳐서
날마다 눈물로 노래를 빚는 것뿐이다.

사랑, 그 떨림에 대하여

잔잔한 가슴 떨림으로
너를 잉태함을 알았다.
비오는 날 초록빛 비닐우산 같은 신선함으로
너를 분만했다.
보이지 않는 곳에 너를 간직하고 있음이
이처럼 충만한 기쁨으로 가슴에 안길 줄이야.

만남을 전제로 하지 않은 기다림은 아름다운 것.
만남을 담보로 기다림을 지급한다면
기다림을 담보로 만남을 사야 한다면
우리들의 가슴은 얼마나 삭막했으랴.

기다림은 욕망이 아니라
잔잔한 기도
그 기도 끝에 너를 만났고
그 갈망 끝에 잡은 너의 손

네가 있음으로 하여 조심스레 출발을 신호했던
나의 생
단 한 번뿐인 나의 삶
바람같이 세월같이 흘러
네 가슴에 여울지고 싶어라.

내가 너에게 목말라하고
네가 나에게 목말라하고
그리하여
하나 되어 존재하는 것.
사랑!

소망

당신은 찬란한 불꽃이 되십시오.
난 차라리 어둠이 되겠습니다.
당신의 그 맑은 눈빛으로
시린
내 영혼의 그늘을 지워가는
꿈!
가슴이 떨려 옵니다.
그것은 당신의 사랑을 받고 싶은 까닭입니다.

당신을 사랑하는 마음은
당신의 사랑을 받고 싶은
눈물겨운 나의 기도입니다.

당신이 아니면 그 누구도 들을 수 없는
나만의 노래
오늘도 마음의 창을 열고
목 놓아 불러 봅니다.

밤이 깊을수록
이렇듯
당신을 사모하는 정
짙어감을 어쩌면 좋습니까?

당신 때문에 화사했고
당신 때문에 맘 아팠던,
내 생애.

한 줌 재로, 당신의 성역에 뿌려지는 날
난 기뻐, 너무 기뻐 울어버릴 것입니다.

당신이 아니면 그 누구도 치유할 수 없는
이 열병
당신의 잔잔한 눈빛이면 됩니다.
당신의 포근한 마음이면 됩니다.
당신의 해맑은 미소이면 됩니다.
당신의 훈훈한 사랑이면 됩니다.
당신의 애잔한 눈물이어도 좋습니다.
그것은
당신의 것이고 싶은 소망입니다.

당신이 아니면 정녕 지울 수 없는
이 어둠.
어둠이어도
당신 빛으로 밝혀질 그날을 위해
당신 발자국 소리에 귀 기울이는
가슴 벅찬 기다림에
온통, 풍요로운 하루였음을 고백합니다.

당신은 찬란한 불꽃이 되십시오.
차라리 난 한 줌 재가 되겠습니다.
한 줌 재로
미련없이 당신 위해 뿌려지는 날
난 기뻐, 너무 기뻐 울어버릴 것입니다.

POLSTJERNA
OMRÅDET
ER TV
OVERVÅKET

이렇게 사는 게 아닌데

이렇게 사는 게 아닌데
말할 것 다 말하면서

조금 더 많이 알아야 했고
조금만 더 몰랐어야 했던
일, 일들
이렇게 사는 게 아닌데

이렇게 사는 게 아닌데
남의 흉내나 내면서

조금 더 냉정해야 했고
조금만 더 따뜻했어야 했던
일, 일들
이렇게 사는 게 아닌데

모두가 어설픈 몸짓
헛되고 헛된 것
뭔가를 잃어가고 있다.
죽어가고 있다.

겨울바람이 매섭다.
마음의 창을 열고, 모진 겨울을 견디어
성애처럼 낯선
새로운 삶을 살아야지.
살아 보아야지.
말없이 기다리며
그렇게 살아야지.

행복한 사랑도둑
Choi Jae Ho Photo Essay

서로 서로

서로 서로 부족한 사람들이 모여
서로 서로
부족한 것을 메워가는 것이
삶!
그것을 깨달은, 어느 날 아침의 기쁨
햇살의 따스함
바람의 싱그러움.

서로 서로 두 손을 마주잡는 것은
얼마나 아름다운 일인가.
서로 서로 가슴을 맞댄다는 것은
얼마나 뜨거운 일인가.

서로 서로 고향을 잃은 사람들이 모여
서로 서로
고향 얘기를 나눈다는 것이
행복!
그것이라는 것을 깨달은, 어느 날 저녁의 눈
물
저녁노을의 추억
달무리의 미련.

서로 서로 기쁨을 나눈다는 것은
얼마나 즐거운 일인가.
서로 서로 눈물을 나눈다는 것은
얼마나 정겨운 일인가.

아름다운 일
뜨거운 일
즐거운 일
정겨운 일

너와 나, 하나 되어
우리가 되고
서로 서로 또 하나의
당신이 되어 준다면
삶은 기쁨
그것은 은총!

네게 필요한 존재였으면

네게 필요한 존재였으면 했다.
필요함 이상으로 절실한 존재였으면 했다.
숨 막히듯 절대의 존재였으면 했다.

마음 상해 울적할 때나
햇살같이 밝을 때에도
늘 빛나는 태양같은 존재였으면 했다.
늘 너와 함께하고 싶은 지금의 안타까움이
조금은 너의 것이었으면 했다.

너는 내게로 와 나의 것이 되고
나는 네게로 가 너의 것이 되고
온전히 하나였으면 했다.
하여
온통 부러움의 우리!였으면 했다.
네가 없는 기쁨은 모두가 무의미한 것이었다.
네 자리가 비어 있으면,
아직 완성할 수 없는 나의 인생
메울 길 없는 그리움
그 마지막 그리움의 공간을 메우기 위해
늘 준비된 사랑으로
넉넉한 가슴으로
기다림을 채워가고 싶다.

34 35
행복한 사랑도둑
Cho Jae Ho Photo Essay

이름
하나(?)

가장 아껴두고 싶은 이름
가슴속 깊이 묻어두고 싶은 이름
아직은 내놓기가 부끄러운 이름
영원히 비밀로 접어두기엔 아쉬운 이름.

늦을까, 놓칠까 겁나는 이름
나를 쩔쩔매게 하는 이름
지워질까, 두려운 이름
빼앗길까, 안달나게 하는 이름
나를 더, 빛나게 할 이름
그 이름, 하나?

처음으로 행복의 의미를 알게해준 이름
한여름 햇살 속에서도
눈 덮인 동화의 나라를, 꿈꿀 수 있게 해주는 이름
생각하면 할수록 알 수 없는 이름
요술같은 이름.

가끔은 나를 외롭게 하는 이름
나를 가장 나 답게 하는 이름
아무리 불러도 싫증나지 않을 이름
행복의 보자기에 꼬옥, 꼭 싸두고 싶은 이름
그 이름, 하나!

깊은 밤
커피에 설탕이 녹듯 말없이
그윽한 향기로 다가오는 이름
가끔은 해일로 내게 다가와, 당황하게 하는 이름
나만이 꼭, 나만이 갖고 싶은 이름.

평생을 곁에 두고 싶은 이름
누구에게도, 빼앗기고 싶지 않은 이름
이것 만큼은, 욕심내고 싶은 이름
가장 진실한 모습으로 안아보고 싶은 이름
가장 맑은 눈빛으로 다가서고 싶은 이름.

환한 아침의 나라를 가르쳐 준 이름
영원히 마르지 않을 맑은 샘물로 살아
이 목마름, 시원히 해갈해줄 이름
그리하여
목숨같이 소중한 이름
그 이름, 하나!!
…….

그렇게 살아야지

꿈 꾸듯, 물 흐르듯
그렇게 살아야지.
때론, 실망하고
좌절도 하지만
견디며, 견디면서
그렇게 살아야지.

온 세상이 다 내 것만 같았던 짜릿한 행복의 시간도
세상이 무너져 내리는 듯한 절망의 순간들도
살아 숨 쉬는 동안의
눈물겹도록 아름다운 노래이려니.

우리네 인생의 소박한 발자취가
작은 기다림으로 농익어
하늘의 별이 되고
땅의 꽃이 되어 만발하는 꿈!

욕심을 버리고
기다리며, 기다리며
그렇게 살아야지.

꿈 꾸듯, 물 흐르듯 그렇게 살아야지.
4월에 피는 꽃의 덧없음이 슬프지만
바위틈에 숨어 피는 진달래의 수줍음과
함께 어우러져야 아름다운 안개꽃처럼
서로 돕고, 의지하며
그렇게 살아야지

긴 삶의 여정에서 만나게 될
아픔이라든가, 절망까지도
살뜰이 곰삭여 향긋해 지도록
더 많이 사랑해야지.
견디며, 견디면서
그렇게 살아야지.

4월에 부침

나를 만나고 싶은 4월에

나의 사랑은
엄동설한 어디쯤에서
흐름을 멈추고
발을 동동 구르는가.

세상이 너무 아름다워
숨막히는 4월에
살아 있다는 것은
눈물겹도록 아름다운 일이지만
나는 누구지?
누구의 누구지?
누구가 누구지?
…….

온통 봄옷으로 단장한 감탄사들로
파릇파릇 빛나는 그리움을
즐겨 앓아야 하리니
이제는 나로 서고 싶다.
그의 그대가 되고 싶다.
그대의 그가 되고 싶다.

4월의 바람은 간지럽다.
그 바람 속에 툭툭 털고 일어나
다시 흐르고 싶다.
흐르고 흘러
나를 만나고 싶다.

겨울 아이를 위해

우리
서두르지 말고 천천히 가자.
해 뜨면 황혼이듯
우리네 가슴.

너무 쉽게 타 버리지는 말자.
밝은 내일을 위해
기다림의 아픔도
마침내, 아픔이 아니였음을 확인키 위해
있는 듯 없는 듯한 모습으로
조심스레
가슴에 우리들의 우물을 파기로 하자.
어떠한 유혹
목마름도 해갈할 수 있는
우리들의 천국.

우리
너무 쉽게 식어 버리지 말자.
알알이 열매 맺을 그날을 위해
뒤로 걷는 법을 배우기로 하자.
재미있잖니?
재미있잖니?

말보다 진한 침묵
말로 표현되지 않아도
온통 너를 감동시킬 수 있는
요술 같은 눈빛.
내게 이만큼 너를 향한 간절함 있음을
그것이 내겐 얼마나 큰 위로인지,
행복인지 너는 모를거야, 모르지?

기다림

빈자리를
하나 마련하겠어요.
그대가 앉을
영원한 자리를.

언젠가는 피겠지.
무지갯빛 그리움으로
하루 또 하루
그렇게 살아갈 거예요.

그 자리에 꽃도 갖다 놓겠어요.
영원히 시들지 않을
진주의 영롱함으로
가꾸어 보겠어요.
정말이에요.
아무도 몰래
당신의 얼굴을 그려 넣을래요.
환한 미소까지도

빈자리를
하나 마련하겠어요.
그대가
앉을
영원한 자리를.

행 복 한 사 랑 도 둑
Choi Jae Ho Photo Essay

가슴앓이

가을을 심하게 앓았고
그 여독이 채 가시기 전에 겨울을 맞았습니다.
더 이상의 혼돈과 방황이 두려워 고개를 저었고
시간만이 가장 최선의 치료법이었건만
머리는 깨닫고 있었지만
사랑은 가슴의 일이기에 어쩔 수가 없었습니다.
이렇게 내 작은 가슴앓이는 시작되었고
가슴 저미는 연가는 시작되었습니다.

처음엔 두려웠습니다.
참으로 두려웠습니다.
누군가를 사랑하는 일은
자신을 더더욱 긍정하는 일이고, 동시에 부정하는 일었기에.
그 조화 속에
처음부터 그 자리에 있었던 우리들의 진실과 사랑

끝없는 기다림으로 순수의 두레박을 드리워
그 속에 글썽이는 보석을 건져내는 일입니다.
서로의 공통점을 찾아내는 것입니다.
이 힘겨운 순간순간들, 힘겨운 일들이…….

유독 내 창가에서 여울거리는 그 한 얼굴!
가슴앓이!
심하게 앓았습니다.
지금도 앓고 있습니다.
영원히 앓는다 해도 밉지 않을 사람.

세상은 온통 당신의 환한 웃음꽃으로
가득 차 있습니다.
이러한 당신을
나는 어떻게해야 하는지요?
무어라 이름지어 불러드려야 하는지요?
용기보다 더 중요한건 따뜻한 가슴이라 믿기에
열정보다 더 소중한건 순수라 믿기에
아직도 순례의길을 계속가고 있습니다.
가슴앓이를 계속하고 있습니다.

당신 생각에
참았던 울음보 터진다 해도
그것은 나의 소중한 노래입니다.
내 표정하나, 눈물조차도 당신의 것이니까요.
나로 하여금
당신의 노래를 부르게 하십시오.
이제는 마지막 일거라는 절실함으로
오선지 위에 당신을 그려 나가겠습니다.
그대의, 그대를 위해 노래를 부른다는건
미치도록 살맛나는 일이요.
눈물겹도록 감격스러운 일입니다.
이 비밀을 아무도 모를겁니다.
어쩜, 당신도
아직은…….

행복한 사랑 도둑
Choi Jae Ho Photo Essay

사람을 보면

꽃을 보면 취한다.
돌을 보면 취한다.
하늘을 보면 취한다.

어쩌다
꽃을 보고, 돌을 보고, 하늘을 보면
꽃은, 돌은, 바다는
이미 바다가 아니다.

이게 내 주량이다.
이게 내 그릇이다.
운명이다.
병이다.

살아 있음에, 눈물겨운 병
행복에 겨워, 이가 시린 병.

세상은 술이다.
눈길만 줘도 취하는
독한 술이다.

하지만
사람은 살게 마련인가 보다.
살면서, 살아가면서
기똥차게, 술 잘 깨는 약을 만났다.
사람이다.
사람…….

사람을 보면 술이 깬다.
두려워진다.
나를 보면 두려워진다.
도무지 취할 수 없다.
정신이 바짝 든다.

사람들은 내게
술 깨는 약이다.
도무지 꿈을 꿀 수 없는

취하고 싶다.
늘 취해서 살고 싶다.
사람을 보며…….

말장난 Ⅰ

동그랗게
동그랗게 원을 그리며 산다지.

지우고
또 지우고, 지우면서 산다지.

웃고, 울고
울고, 웃으면서 그렇게 산다지.

사랑하고, 미워하며
미워하고, 사랑하면서 산다지.

그래, 그래!
동그랗게
동그랗게 원을 그리며 사는 세상.
지우고
또 지우고, 지우면서 사는 세상.

그래, 그래!
웃고, 울고
울고, 웃고 그렇게 사는 세상.
사랑하고, 미워하며
미워하고, 사랑하면서 사는 세상.

문득 바다 위를 걸어가는 나를 보았다.
빠져서 허우적거리는 나를 보다가
나를 잃었다.
그러기에 더더욱 살고 싶었다.
꿈이었다.

그리움

—

세월의 소산은
불협화음을
튕기며
어둠 속으로 사라진
그리움!
그것이었습니다.

개여울에 글썽이는
별 하나의
진실, 또한
눈물을 담고 그 안에
환상의 그림자를 발하고 있었습니다.

한없이 머무르고 싶었던
순간들에서
염원이 깃든 사랑
당신을
그릴 수가 있었습니다.

눈 내리는 밤에

사각 사각, 서걱 서걱
그리고 침묵!

까만 밤
하얀 눈이 내립니다.
하늘에 날려버린 설 익은 꿈들이
살뜰이 익어
진한 향을 머금고 낮음으로 향하는 눈!
세상 꽉찬 침묵으로, 소리 없이 내림이 좋습니다.

그 순수함이 좋습니다.
그 순백의 눈부심이 간지럽도록 좋습니다.
그 빛깔에 취한 내가 좋습니다.
눈발에 아른거리는 당신의 수줍음이 좋습니다.
이 밤이 좋습니다.

잘 마른 목관악기의 스타카토 리듬같이
조금은 더 쉽게
당신께 다가설 수 있을 것 같기에
당신 가슴에 여울져 흐를 수 있을 것 같기에.

눈이 내립니다.
빈 가슴 빼곡히 쌓이는 눈!
어떠한 무게도 느낄 수 없습니다.
눈처럼, 소리 없이
당신 가슴에 쌓여
당신의 성에 주인이 되고 싶습니다.

바람이 붑니다.
눈이 흔들리고 있습니다.
아직, 다 버리지 못한 욕심 때문이라고
울먹입니다.

완벽함 보다
차라리
순박한 어리석음이
인간다움이 좋다고…….

눈이 내립니다.
눈 내리는 밤, 이제야 깨달았습니다.
투명함으로
순수한 동심으로만이
당신의 성에 들어갈 수 있음을…….

눈 내리는 밤에
눈 내리는 밤에.

갈등

능금빛 석양이 잠들어갈 때
하냥 고운, 잔잔한 노을 속엔
진한
진실이 보이는 듯싶다.

휑하니 비어있는
허공을 향해
너와 나를 던져버리고 싶다.

허공에 던져져서
날고, 날아
털고, 털리면
파란 하늘이 보이겠지.
내가 나 다워지겠지.

나도 너처럼
너도 나처럼
그렇게 되겠지.

영원을 향한 작은 소망으로
푸른 나래를 펴 본다.

세월이 주고 간 엉킨 마음들을
태고의 침묵이
모두를, 삼켰으니
인생은 새로워질 것을······.

행 복 한 사 랑 도 둑
Choi Jae Ho Photo Essay

미시령 정상에서

미시령 정상에서는
언제나
동해의 짭짤한 파도 소리가
녹슨 가슴속 깊이
아리게 저려 온다.

바다가 산이 되고
산이 바다 되어 출렁이는 소리.
그 영원의 소리로
다시 살아보고 싶다.

미시령 정상에서는
기쁨과 보람보다는
후회와 부끄러운 고백들이
눈꽃으로 쏟아져
숨이 가쁘다.

가라앉자
가라앉자
가라앉지 못해 뒤뚱거리는 삶.

버리자
버리자
버리지 못해 버거운 삶.

바람도 노래가 되는
미시령 정상에서는
이렇듯
엉킨 일상의 실타래가
한 올 한 올 풀리고

엄마 품에 안겨 꾸지람을 듣던
어린 시절
아련한 추억들이
왜 다시
가슴 저리도록 밀려올까?

싫어요

메마른 가슴으로
사랑을 노래하며
웃는 얼굴
싫어요.

사랑은
사랑은 적어도 십자가를 짊어짐이죠.

너와 나, 우리들 모두
메마르고
빈, 가슴마다
주의 사랑
그 눈물
채우는 거예요.

싫어요.
여린 가슴 못질하며
밝은 수 개념 노래하는
그 지식, 인격
냉냉한 가슴
싫어요.

사랑은
사랑은 적어도 뜨거운 가슴이어요.

어린 영혼 도닥이며
두 손 모으는
그 정성, 지혜
눈물이지요.

당신을 꿈꾸고 싶을땐

마음이 울쩍할땐
책을 사곤 하지요.
기쁠 때도요.

가장 투명한 마음으로 당신을 바라보고 싶어서
가장 절실한 마음으로 당신과 함께하고 싶어서
하나, 둘 별을 따는 마음으로
책을 사곤 하지요.

설레이는 마음으로
사랑하는 사람을 위해, 책을 골라보신 적이 있나요?

너무 많아요, 나는······.
책방에 들어설 때 느끼는 작은 떨림
아!
그곳에서 만나는 상큼한 얼굴
그 얼굴에서 당신의 향기를 맡아요.

하루 해가 기울고
하루만큼 현명해지고 싶어
책, 한 아름
가슴에 안지요.

마음이 울적할땐
책을 사곤 하지요,
기쁠 때도요.
그리움 가득
영혼의 잔을 기울여

모르지

난 아직 모르지.
인생을 잘 모르지.
꿈속에서 조차 모르지.

청소부 아줌마의 소망과
어린 아이의 천진스런 웃음과
병약한 환자들의 고통과
막일꾼들의 눈에 비친 세상의 빛깔과
노인들의 허무와
연인들의 사랑과
젊음의 그 뜨거운 정열을 모르지.
모르지.
모르는 게 많아 외면하듯 팽개쳐 버린
삶!

난 아직 모르지.
너를 모르지.
산도 바다도 모르지.
네가 사는 마음의 고향을 모르지.
무엇을 모르는지조차 모르지.

한 줌
바람과 꽃의 설레임
흙과 땀의 의미를 모르지.
무딘 손길들이 모여
이처럼 섬세한 푸르름으로
가슴을 온통 수놓는 벅찬 기쁨을
난 아직 모르지.
모르지.

난 아직 모르지.
사랑을 잘 모르지.
너무 아름다워 차라리 슬프다는 그 의미를 모르지.
불꽃처럼 타오른 가슴의 일과
얼음처럼 차가운 머리의 일을 하나로 섞어
조화로이 빚어내는 법을 모르지.
평생을 두고 애태운 일들
무엇을 얻었는지
무엇을 잃어 왔는지를
난 아직 모르지.
학!
학이 되어 날아가는 꿈
그 꿈의 빛깔을 모르지.
그 눈망울에 비친 우리네 삶을
난 아직 모르지
내가 너를 모르듯이.

난

난
침묵이어도
그대가 날개 드리울
포근한 둥지이고 싶어라.

눈비 오고
바람 불어와도
늘 그 자리, 그 모습 그대로.

말로서 말 많은 세상
진리를 분별키 어려운 세상에서
말없이
크낙한 확신으로
그대를 키워내리라.
바로 서게 하리라.

난
투박함이어도
그대를 열매로 키워낼
대지이고 싶어라.
그대 뿌리
온몸으로 보듬어
여름 가고
겨울이 닥쳐와도
마침내 봄꽃으로 꽃피울
그날을 위해
참아 내리라.
견뎌 내리라.

행복한사랑도둑
Choi Jae Ho Photo Essay

오늘 같은 날

오늘 같은 날
한가로운 마음으로 해바라기 하다
더워진 마음 가득
그대 얼굴 아롱이면
좋아라.
좋아라.
빈 가슴 구석 구석
그 향기로 채우고 싶어라.

양지쪽 모여 앉아 재잘거리는
동심은
그냥 좋아라.
싱그러워 좋아라.
좋아라.
좋아라.
그 기쁨을 갖고 싶어라.
그 노래를 갖고 싶어라.
그 순박함을 갖고 싶어라.

오늘 같은 날
오늘 같은 날
하늘거리는 햇살 아래
고이 간직해온 그 이름 하나
살며시 꺼내 하늘 같은 눈빛을 주고 싶어라.

별

그리움이
사무쳐
하늘에 열리고
사색이 좋아
밤에만 오는
당신은
정녕
고결했었습니다.

빛나는
눈망울엔
진실이 흐르고
창가에 홀로 앉은
소녀에게로
한 줌
소망과 사랑을 주는
당신은
정녕
사슴이었습니다.

비누 방울

가녀린 몸짓으로 꿈을 모으는
방울방울 피어난
무지개 빛 생명이
어린아이 숨소리에
깜짝!
잠에서 깨었다.

하늘하늘 날갯짓은
해 맑은
동심을 노래하고…….

야호!
소리치고픈 창조의 환희에
고사리 손 흔들어 화답을 하고

호기심 찬 눈망울로 꿈을 꾸다가
사라져간 금빛, 은빛
너무 아쉬워
말없이 땅을 보고 한숨짓다가
또 한 번 숨소리에
가슴 설렌다.

어떤 외침

아지랑이
아른아른
그대는 어디에.

옷매무새 단장하고
미소와 사랑의 보따리를 한 아름 안고
기도하는 마음으로
너울너울 불렀지.

바람소리 그윽한
나무가지 끝에는
그대 향취 여운만 발을 동동 굴렀지.

그대는 어디에
나의 그대는.

달무리

무엇이 아쉬워
서성 거릴까.
그리움이 익으면 달이 된다는데

아직
못다 탄 미련
그 속에 가득
애잔한 추억.

이름아!
너의 눈물 씨앗이 되어
달맞이 꽃 얹었는데
눈물은 진실
진실은 아름다움
삶의 의미.

네
눈길 닿을 때마다 흐르는 전율
그 길 따라 피어난
달맞이 꽃
한 아름.

행복한 사랑도둑
Choi Jae Ho Photo Essay

미운 얼굴

아지랑이 일 듯
자꾸만
떠오르는 얼굴.

떨쳐야지
떨쳐버려야지
미풍에 스러지는
살풋한 꽃잎 마냥
바람에 날려야지.
지워버려야지.

아지랑이 일 듯
자꾸만
떠오르는 얼굴.

두 눈을 꼬옥 감고
입술을 깨물어 본다.

싸움

저울 위의 삶의 무게
불투명함으로
숨가쁜 시간을 살아가는
가슴
달아오른 가슴이 있다.

먼 옛날 태고적 손짓 뒤
뒤뚱거리는
뒤뚱거려야만 되는
운명의 굴레가
달려오고 있다
달려가고 있다.

시작도 끝도 없는 바람
나와 너
진정한 만남은 언제일까?
잃어버린 나
잃어가는 이름
흐르는 강물
세월.

바위에
이름을 새기자.
나를 그리자.
그것은 싸움
거부하는 몸짓
나를 잃고, 너를 잃고
아직도 세월은 흐르고 있다.

돈키호테의 노래
나의 눈물
나의 고뇌
나의 환희
나는 나다.
나는 혼자다.
혼자다.

시작도 끝도 없는 바람
아직도
강물은 흐르고 있다.

어떤 비밀

피아노 소리를 들으면
생각나는 얼굴이 있다.
가슴 저미도록 보고 싶은
동그란 얼굴.

한때 사랑했고
한때 미워했고

피아노 소리를 들으면
맑은 눈 그렁그렁 이슬을 담은 채
내게로 달려오고 있다.

갸냘픈 손이 그린
무지갯빛 선율
어느 여름 교회당에서
하늘문 두드리던 아름다운 두 손
그 소리에 취해 울어 버렸지

피아노 소리를 들으면
접었던 아쉬움이
나래를 편다.

사람이 사람으로 보일 때

내가 남이 될 수 없듯
남도 내가 될 수 없다는 사실을 알았을 때
사람이 사람으로 보였다.
꽃이 꽃으로 보였다.
하늘도, 땅도…….

바다가 앓아 누울 때
하늘이 무너져 내릴 때

내가 네가 될 수 있다면
네가 내가 될 수 있다면
긴 여행을 떠나리라.

골목길을 막 돌아서 나온
싸늘한 바람에게서 따뜻한 정을 느낄 때,
적어도 나는 살아 있음에 감사해야 한다.

사랑이 그립되 사람이 싫은 병
만나지 말아야 할 사람을, 꿈속에서까지 보는 병
지팡이가 없으면 혼자 못 서는 병
버릴 것을 버리지 못하는 병
잊을 것을 잊지 못하는 병.
병, 병병병!

사람이 사람으로 보이는 병
꽃이 꽃으로 보이는 병.

괜스레 눈물 날때가 있다

괜스레 눈물이 날 때가 있다.
지는 해
저녁 노을과 나
삼위일체.

빠져서 빠져서
허우적거리고
지쳐서, 지쳐서
잃어버린 나.

괜스레 울고 싶을 때가 있다.
가슴 아픈 추억과
잿빛 미래가 아니더라도
괜스레 울고 싶을 때.

울고 싶어도 맘대로 울지 못하는
병 때문에
안으로, 안으로, 곪아 가는 나.

의사인 당신이라 할지라도
나만의 성에, 또 다른 한 사람이 들어온다는 것은
모순이다.
모순은 모순으로 끝나야 하는 법
그곳에 비가 나리고 눈이 나린다.

괜스레 눈물이 날 때가 있다.
괜스레 울고 싶어질 때가 있다.
그것은 운명, 시지프스의 노래
노래는 아픔, 아픔은 나!

내가 너의 이름을 부르면

하얀 백지 위에
네
이름 석자를 써놓고
고이 접어
호주머니에 넣으면
너는 이내 학이 되어
허공을 나른다.

예전엔
이리도 가슴 설렌 적은 없었다.
이다지도 아름다운 고뇌를 가진 적은 없었다.

학!
내가 너의 이름을 부르면
너는 요술쟁이처럼
금빛 왕관을 쓴 왕자로 만들곤 했다.

가슴에 안을수록 더 멀리 날아가 버리는
너의 비밀
비밀이 많아 아름다운 넌
또 하나의 아픔이었지.

가까이 있을수록 더 멀게 느껴지는 너!
내가 너의 이름을 부르면
부르다 지쳐 잠들어 버리면
너는 이내 행복에 취해 아름다운 꿈길을 내게 주곤 했지.

비오는 날이면

사랑하고 싶다.
사랑받고 싶다.

비오는 날이면 언제나
마음속 지긋이 스미는 향(香)
사랑.

내 삶의 전부를 살라
목숨처럼 소중한
사랑을 지피고 싶다.

비오는 날이면 언제나
촉촉히 가슴이 젖는다.
그 속에 사랑이 흥건히 고여 있다.
이대로 망부석이 되고 싶다.

비오는 날이면 언제나
미칠 듯 앓는 가슴앓이
내게 생명 주신 주님께
감사하고 싶다.
그리하여
난, 행복하다고.

비오는 날이면 이렇게
빗속에 녹아
아무도 몰래 울고 싶다.
녹아져 흐르는 나의 분신
그 눈물로 네게 달려가고 싶다.

잠 못 이루는 밤

가을 밤.
초췌한 바람으로 떠돌아
기웃기웃 잠들지 못할 때
밤새 뒤척이며 고뇌하는
파도의 아픔을 헤아릴 수 있었습니다.

희미하게
때론 선명하게
의미로 다가온 당신이기에
내 눈물은
이리 절절한지도 모릅니다.

내 고뇌의 시간
그 정결한 시간에
당신을 초대하렵니다.
철저히 아파함으로
결실을 거두어들일 수 있을 때
가장 첫 열매를 당신께 드리고 싶습니다.

잠 못 이루는 이 밤.
내 가슴
당신 향한 그리움으로
영원히 마르지 않는 샘물이고 싶어
영원히 빛 바래지 않는 별빛이고 싶어.

당신 곁에 서성이며
하나, 둘 별을 땁니다.
시작도 끝도 없는
시지프스 신화처럼.

가을 기도

피엘!
떨어지는 낙엽은
우리들의 것이 아니라 말해 주십시오.
가을 끝자리
스산한 바람 속에서도
우리들의 눈물은 마르지 않게 하시고
그 눈물로 빛나는 투명한 가슴만으로도
우리들의 가을은 넉넉하게 하소서.

피엘!
순수와 고독과 진실은
우리들의 생명이라 말해 주십시오.
가을이기에 사랑할 수밖에 없게 하시고
낙엽
그것에 담긴 수많은 이야기에 취해
온밤을 서성이게 하시고
아침이면
하나씩 의미로 되살아나는
삶의 환희로
파란 하늘은
온통 우리들의 것이라 말해 주십시오.

피엘!
우리들의 가을은
말없이 침묵하는 계절이게 하소서.
미련 없이
후회 없이
버릴 것은 다 버리게 하시고
가슴을 비우는 법을 가르쳐 주십시오.

빈 가슴
까만 씨앗으로 영글어
당신 사랑으로 꽃무늬 질
그날을 위해
목숨 같은 시(詩)를
준비하게 하십시오.
사랑하게 하십시오.

WELCOME
TO
RESTAURANT

무제

감당키 어려운 감탄사로
숨 막히듯 살아온 내 젊음의 날은
네가 있음으로 기쁨이고 행복이었다.

약속은 없었지만
우리!였다고 믿어왔던 너와 나였는데
아니, 내 쪽에서 더 많이 너를 필요로 했고
좋아했고
감사히 생각했고
안달이었는데

그 초조했던 줄다리기도
소중한 내 생활의 일부였는데
이제 밤이 오고
되도록 너를 나의 사람으로 생각하고픈 미련
밀물처럼 밀려드는데…….

너만이 전부가 아니라고
너말고도 더 좋은 사람이 많다고
애써 위로받고 싶었는데
지금은 봄!
바람이 심하게 불고, 꽃잎도 떨어져
혼란이 눈처럼 가슴에 녹아내려
너마저 조금씩 남이 되어가는 당혹감에
흔들리고 흔들려서
눈물이 나도록 외로운 나날을 보냈다.
사실 나는 너를 사랑했다.
너는 나의 전부였다.
넌 모를거야, 모를거야.
마음 줄 곳 없어 흔들림을!

그대 앞에서

너무 쉽게 타 버리지는 말자.
여름 가면 겨울 오듯이
우리네 사랑도 그런 것
혼자서
혼자서
좋아하고, 미워하기도 하고
호수 같은 것, 파도 같은 것.
그대 앞에서

그대와의 만남이 인연이기 위해
또 하나의 진솔한 삶이기 위해
애잔한 기도이기 위해
차분히
그리고, 꾸준히
기다리는 법을 배울 것.

너무 쉽게 허물지 말자.
어둠 걷히면 찬란한 태양 비추듯, 미움도 한때
내가 나 자신에게 실망치 않기 위해
후회하지 않기 위해
견뎌내기 위해
바로 서기 위해
부끄럽지 않을 만큼
흔들리기로 하자.

그대 앞에서
이유 없이 까닭 없이 좋은 것
미치도록 좋은 것
세상에서 나 혼자만이 갖고 싶은 것 그대!!!

내가 좋아하는 것들

이슬을 머금은 아침 잎사귀의 빛나는 눈동자를 좋아하고, 조용한 산길의 뻐꾸기 소리를 좋아한다.

냇가의 돌처럼 둥글지 못해도 순박한 꿈을 안고 있는 산길의 조그만 돌멩이를 좋아하며, 새벽 하늘에 긴 강물처럼 흐르는 교회 종소리를 좋아한다.

비개인 뒤의 상쾌한 골목길을 좋아하고, 몸집보다 큰 먹이를 애써 목적지까지 갖다놓은 개미의 조그마한 승리도 좋아하고, 아무것도 잡물이 섞이지 않은 순수한 환희나 비애를 좋아하며, 혼자 조용히 사색하는 시간을 좋아한다.

아이에게 젖을 물린 어머니의 숭고한 모습을 좋아하며, 시골 굴뚝에서 나는 연기의 매콤한 냄새를 좋아하고, 딱딱한 바위를 뚫는 물방울의 인내를 좋아한다.

아무도 없는 조용한 예배당을 좋아하며, 크리스마스 캐롤이 울릴 때 원인 모를 설레임을 좋아한다.

금잔디 위를 맨발로 걷는 것을 좋아하며, 아이들의 천진스런 웃음을 좋아하며, 별을 보고 걷다가 웅덩이에 빠져버렸다는 탈레스의 이야기를 좋아하고, 그윽한 향기를 담은 들국화의 청초한 뺨을 좋아한다.
바닷소리 그리워하는 소라껍질을 좋아하고, 하얀 조가비의 미소를 좋아하며, 그윽한 향기를 담은 들국화의 청초한 뺨을 좋아한다.
바닷소리 그리워하는 소라껍질을 좋아하고, 하얀 조가비의 미소를 좋아하고, 상큼한 바닷바람을 좋아한다.

인형처럼 항상 웃는 얼굴을 좋아하고, 아카시아 향기를 좋아하고 하얀 하늘이 내려앉은 물 위에 바람에 아른거리는 풋사랑의 기억을 좋아한다.
보기만 해도 이가 시린 석류의 투명한 미소를 좋아하고, 손을 들어 휘저으면 금세 파란 물이 들 것 같은 맑은 하늘빛을 좋아한다.

진열장에서 풍기오는 그윽한 모과 향기를 좋아하고, 바위틈에 숨어 피는 진달래의 수줍음을 좋아하며, 비오는 날 음악 감상하는 것을 좋아하고, 때구루루 구르며 밝게 미소 짓는 햇님의 맑은 눈빛을 좋아한다.
사랑하는 연인의 그윽한 눈빛을 좋아하며, 연세 지긋한 어른들의 넉넉한 미소도 좋아하고, 엄마 품에 안겨 곤한 잠을 자는 아이의 그 행복함을 좋아한다.

최재훈포토에세이

세상에서 가장 힘든 말은 • 우리 • 사랑, 사랑이 바로 그 이유야
그대, 내 사랑 • 침묵의 미학 • 하나의 연가 I
가을 여행–한계령을 다녀와서 • 하나의 연가 II –결혼식 날에
하나의 연가 III • 하나의 연가 IV • 사랑으로 • 하나의 연가 V
하나의 연가 VI –결혼 이후, 행복에 겨워 눈물이 날 때
사랑하는 아내에게

Part2

세상에서 가장 힘든 말은

세상에서 가장 힘든 일은
당신에게
내 가슴을 보이는 일입니다.
사랑한다고 말하는 일입니다.

하지만
세상에서 가장 행복한 일은
눈 감아도
지우려 해도
늘 미소로 다가오는 당신 얼굴에
가슴 설레임입니다.

당신은 내게
가장 큰 고통도 주셨지만
가장 큰 행복도 주셨습니다.

당신을 좋아함이
하나도 속됨이 없기에
별에게, 달님에게도
심지어, 내 손때 묻은 모든 물건에게도
당신 이야기를 들려 줍니다.

건드리면, 금방이라도
톡, 터져 버릴 것만 같은
당신을 사랑한다는 말.

세상에서 가장 두려운 말은
당신에게 사랑한다고 말하는 것입니다.

요즘 들어
부쩍
당신을 보고픈 그리움에
큰일 났습니다.
큰일 났습니다.

행복한사랑도둑
Choi Jae Ho Photo Essay

우리

우리
서두르지 말고 천천히 가자.
해 뜨면 황혼이듯
우리네 가슴.

너무 쉽게 타 버리지는 말자.
밝은 내일을 위해
기다림의 아픔도, 마침내
아픔이 아니었음을 확인하기 위해

가슴속 깊이
영원히 해갈함을 얻을
우리들의, 우물을 파기로 하자.
어떤 유혹
목마름도 치유할 수 있는
우리들의 천국.

우리
너무 쉽게 식어 버리지는 말자.
알알이 열매 맺을 그날을 위해
뒤로 걷는 법도 배우기로 하자.
재미있지 않니?
재미있지 않니?

우리,
우리, 하나가 되자.
슬픈 듯이 빠르게
기쁜 듯이 사뿐하게…….

사랑, 사랑이 바로 그 이유야

—

괜스레 눈물이 날 때가 있다.
까닭없이 울고 싶을 때가 있다.
내게 굴레 지워진 삶의 무게 때문이 아니라
녹슨 쇳소리로 스쳐 지나가는
무표정한 얼굴 때문이 아니라
사랑!
사랑이 바로 그 이유야!

해가 서산에 지고 달이 뜨면
말없이 길을 떠나고 싶다.
불어오는 바람 서럽고, 새벽 종소리 외로워도
가만히 견디며 귀 기울이리라.
그대 생각에 가슴 설레도
말하지 않으리라.
속으로 꼭꼭 간직하리라.
기다림의 시간 힘겹고 아플지라도
내게 잠들게 하리라.
네 그림자를.

괜스레 울고 싶을 때가 있다.
길 잃은 아이처럼
지금, 그대는 어디에 있는가?
눈에 넣어도 아프지 않을 사람아,
뺨 비비며 함께 울고 싶은 사람아,
지금 어디에 있는가?
바람도 하늘 끝을 울고 있는데…….

찬바람 부는 시간의 길목에서
뭔가를 잃은 듯 서성이고 있다.
눈물로 밝히는 등잔엔
슬픈 옛날이 고운 꽃되어 일렁이는데
어디에 있는가?
지금
그대는.

한때 서글퍼도
정녕코 고개돌리지 않으리라.
무수한 내일이 존재하기에
오늘을 견뎌 내리라.

괜스레 눈물 나고
울고 싶고
어디론가 훌쩍 떠나고 싶을 때
사랑!
사랑이 바로 그 이유야.

그대, 내 사랑

—

그대,
물빛 그리움에 넉넉해지는 밤입니다.
나의 미래는 빛나고 밝은 별이 되리라 확신하면서
오늘은 속으로 많이
아파하기로 했습니다.

그대 그리움에 잠 못 이룰 때에도
내 안과 밖을 차분히 다스려 나가기로 했습니다.
폭풍의 언덕을 지나 저녁놀 지면
그 고요함 속에
당신의 나직한 목소리
들려 옵니다.

그대,
꿈과 이상보다도
어쩜 더 중요한 건 현실이기에
더 열심히 공부하겠습니다.
그 인내 속에
그대를 향한 나의 신뢰의 성도
더욱 단단히 쌓아 나가겠습니다.

그대,
진실로 사랑하고 좋아했는데
어찌 후회와 갈등이 있겠습니까?
말보다 눈빛으로 사랑함이
가슴으로 위로함이 포근하다는 것을
나는 깨달았습니다.

이제부터 영원까지
그대
아무도 발을 들여놓지 않은
비밀스런 나만의 성에
당신은 공주로 초대되었습니다.
당신의 나머지 삶 전부를
무지갯빛으로 장식하겠습니다.

침묵의 미학

—

부끄러워서가 아니다.
확신이 없어서도 아니다.
용기가 없어서는 더더욱 아니다.

말의 홍수
말의 횡포
말의 변절
그 허상들이 싫은 거다.
그 무의미가 싫은 거다.
그 허망함이 싫은 거다.

비밀은 진주빛이기에 목마름이 없고
비밀이 있다는 것은
난 아직 향기를 지니고 있다는 것.

너를
너의 모든 것을
비밀로 간직하고 있다.

그냥 가슴에 묻어두면
영원히 아름다운 추억
눈빛으로 불 밝히면
세상은 온통 축복
우리들의 세계!

하나의 연가 I

둘 아니면 하나가 아니다.
둘 중에서 하나도 아니다.
둘이 힘겨워도 하나는 아니다.
둘도 좋고 하나도 좋은 게 아니다.

목숨이 하나이듯
그러한 하나
하늘 같은 하나
태양 같은 하나
바다 같은 하나.

하나는
필연이고, 운명이고
생명이다.
나의 전부이다.

그 하나를 찾고 있다.
둘도 아닌
하나!를 만나기 위해
이토록 먼 길을 달려왔다.

그, 하나
그게 너다.
너는 나다.

너가 없으면 나도 없다.
너가 있으면
분명, 나는 있어야 한다.

이게 내 업보이다.
평생을 곰삭여 온
나의 뜨거운 진실이다.
감출 수 없는 사랑이다.
하나에 의해, 의미를 갖고
날개를 갖고
용기를 가진
진줏빛 눈부심이다.

하나!
하나는 빛으로 옷을 입은 사랑이고
사랑은 영원한 하나이다.

하나=너
나=너
나+너=하나!

이것만으로도 넉넉하다.
충분하다.
미련도 없다.
흔들림도 없다.
끄덕이며, 끄덕이며.

가을 여행

한계령을 다녀와서

따사로운 햇살의
정겨움 만큼이나, 아름다운
단풍으로 꽃무늬 지는 가슴을 안고
가을 산에 올랐다.

산길을 돌고 돌아
물길을 따라
바람같이 상큼한 마음으로
가을 중턱에 올랐다.

지상에서, 우리가
하늘의 별처럼 반짝일 수 있는
유일한 길은
서로 사랑하는 일이라 했던가.

한 사람을 택하여 목숨처럼 사랑하리라.
한 사람을 통하여 영원을 사랑하리라.
사랑을 사랑하리라.

가을 산에 올라
둘이서 하나임을 느꼈던 하루
먼 훗날
세월의 자욱이 소롯이 남은
오늘은
진줏빛일 게다.

하나의 연가 Ⅱ

결혼식 날에

살아서 눈부심이
당신으로
빛나던 날.
이처럼 귀한 인연
어디에 또 있을까?

버릴 것 다 버리고
까만 씨앗으로 영글어
평생을 업보처럼 아프게 지녀온
황금 같은 사랑을
당신의 하얀 손가락에
따뜻한 온 가슴에…….

나의 사랑, 나의 신부
사랑해요.

134 135
행복한 사랑도 록
Choi Jae Ho Photo Essay

PA'ARARA
ARTIST

하나의 연가 Ⅲ

—

봄비가 추근거려도
좋았습니다.
언젠가는 따사로운 햇살이
투명한 당신의 미소처럼
내 가슴에 여울져
무지갯빛, 꿈으로 빛나리란 확신이 있기에
오늘도 기쁨으로 살아갑니다.

사랑이란 이름으로
기다려주는 사람이 있기에
하루하루를 행복에 겨워 삽니다.
생각만 해도, 눈빛만으로도
나를 온통 신나게 하는 사람
햇살이 눈부셔도
당신 생각이 납니다.

살면서, 살아가면서
무감각과 권태가 몰래 숨어 들지 않도록
처음 사랑을 잊지 않겠습니다.
늘 새로운 기쁨, 샘 솟는 사랑으로
당신을 지키는
충실한 산지기로 살겠습니다.

하나의 연가 Ⅳ

당신을 향한 나의 사랑은
온산에 불타는 단풍으로 빛나고
"영원히 사랑하는 당신"이라는
수줍은 고백이
노랑 은행잎으로 물들어
가슴에 뚝뚝 떨어진다.

새벽 빈 바다
혼자는 외로워
둘이고 싶은 절실함으로 출렁이는 파도
산다는 것은
늘 새로운 힘으로 다시 일어서는 바다와 같은
희망이다.

당신은
내 가슴에 출렁이는 파도로 살아 숨 쉬고
평생을 다독거려
가장 환한 웃음으로 빚고 싶은
파란 가을 하늘의 욕심!

행 복 한 사 랑 도 둑
Choi Jae Ho Photo Essay

사랑으로

웃어 보아요.
즐겁잖아요.
찌푸린 얼굴도 친구인걸요.
사랑은 모든 허물을
덮어 버려요.

노래 불러요.
신나잖아요.
어려움과 고통은
채찍인걸요.
응원인걸요.
사랑은 모든 어려움을
참아 내지요.

춤을 추어요.
들리잖아요.
은구슬 구르는
무지갯빛 화음이
마음은 언제나 미래에 살아요.
사랑하며 살아요.

하나의 연가 V

어딘가에 있을 그 하나!를 위해
나를 가꾸어 왔습니다.
그리하여 여기, 지금 이 자리에 서 있습니다.
그 하나!를 노래하기위해 생명으로 환생시키기 위해
꿈 꾸기를 쉬지 않겠습니다.
가장 순수한 언어로, 곧은 언어로, 쉬운 말로
옷을 입지 않은 언어로 진실한 언어로, 나의 목소리로
나의 노래를 부르겠습니다.
때론 속삭이듯, 시를 읊듯이 부드러운 음성으로
때론 천둥같이 힘있고 건강한 목소리로 노랠 부르겠습니다.
하나!를 가꾸어 가겠습니다.
하나!의 아름다움을 포착해내는
조각가 같은 시인이고 싶습니다.

그대를 향하여
가끔은 맹목적이고 싶습니다.
나이 같은건 잊어 버리고
푸른 동심의 나라에 살고 싶습니다.

어딘가에서
환한 미소로 내게 다가올 그 하나!를 위해
지금은 나를 갈고 닦을 시간입니다.
평범한 일상으로부터 벗어나기 위해
아침 햇살의 눈부심과
저녁 노을의 슬프듯 성숙한
아름다움을 늘 기억하며 살겠습니다.

하나의 연가 Ⅵ

결혼 이후, 행복에 겨워 눈물이 날 때

—

언제 어디서나 그립고
정겨운
그대.

처음부터 좋았고
영원까지 좋을 그대.

산다는 건
이토록 간지럽도록 행복한 은총이라는 것을
그대,
당신으로부터 알았다.

밥 짓고 빨래하고 설거지하는 모습들은
괜시리
행복에 겨워 눈물나게 한다.

사랑은
언제나 그리운 것
정겨운 것
포근한 것
좋은 것.

POST

사랑하는 아내에게

—

여보!
우리는 사랑이라는 이름으로 하나가 되고
행복한 꿈이, 꽃으로 만발한, 우리들의 천국에서
"고야"와 함께
소꿉장난 같은 순박함으로, 평생을 함께 가자.
여보!
사랑하오.
내게 빛으로 왕관을 씌워준 당신.
당신이 나의 전부이듯
나도 당신의 전부이고 싶소.
당신이 나를 악기로 연주하며
나는 가장 아름다운 소리로 울고 싶소.
사랑하오.

1991. 11. 18
고야 임신 중인 아내의 뱃속에 있는 아이, 그냥 '최고야' 에서

최재호 골돌에세기

Part3

어머님 소식

굴뚝새 두 마리가 울다간 자리에
천국에 계시다는
어머님 소식이 있었습니다.

차마 떨어지지 않는 발걸음
연기되어 울다가
연기처럼 떠나셨다고.

눈에 넣어도 아프지 않을
손주 녀석이
눈에 밟힌다면서
그 녀석 눈망울에서 울고
당신 남편의 주름진 이마에서 울고
그것도 못내 아쉬워
하얀 눈으로 내리고
눈물이 강이 되어 흐르고.

연기처럼 살다가
연기처럼 떠난 당신.

울지 않으려 해도
눈물이 나는 건
연기 때문이겠지요.

나보다 먼저 이 세상에 오셨던 것처럼
그곳에도 먼저 가 기다리시겠다고
하얀 눈꽃으로 위로 하시고.

굴뚝새 두 마리가 울다간 자리에
하얀 눈꽃이 만발했습니다.

내 삶 앞에서
친구의 죽음의 소식을 접하며

겸허해야지.
한갓 바람에 스러지는 이슬일지라도
소중히 꽃으로 피워
당신께 드리기 위해.

아직은 잘 모르지.
왜 사는지
왜 살고 있는지를.
어디만큼 왔는지
얼마나 더 가야 하는지를.

생각하면 눈 깜짝할 사이
티끌만 한 공간
눈물이 말라간다는 건 슬픈 일이지.
칼날로 번득이며 날을 세운 논리
논리들.
메마른 가슴으론 건너기 어려운 강
상한 영혼으론 견디기 힘겨운 강.

친구여!
어디 있는가?
지금.
까맣고 하얀 바둑알처럼 선명한
영원의 거리로 갈라선 우리
아직도 이곳엔 바람이 분다네.
해가 떴다네.
사소하기만 한 일상이 시작되었다네.

친구여,
잘 가게, 편히 쉬게.
그대의 짧았던 인생의 길
하롱하롱 의미로 가꾸기 위해
더 열심히 땀 흘려야 하리.
우리들의 값진 만남을 위해
그대 몫의 가슴 벅찬
열매를 거두기 위해
땀 흘리리라.

겸허해야지.
진실해야지.
그대를 보내고
나머지 몫의 내 삶 앞에서.

친구여!

먼 산 그리움
마음 줄 곳 없어 흔들림을 아니?
믿고 싶다.
친구여!

나를 가장 나답게 하는
네 가슴에 안겨
눈물이라도 펑펑 쏟고 싶다.
그 눈물로
표정없는 얼굴들을 지워가고 싶다.

늦은 밤 귀갓길, 비라도 내리면
비가 눈물이 되고
눈물이 강물이 되어
흐르고 흘러
가장 낮은 데로 가고 싶다.

가라앉자.
가라앉자.
가라앉지 못해 뒤뚱거리는 삶.

누구나 조금씩의 외로움을 갖고 사는
것이라면
슬퍼도 슬픈 표정 짓지 말자.
아파도 아픈 표정 짓지 말자.

내가 살아 숨쉬는, 우리네 세상
선뜻 마음 주기 힘겨운 이 세상에서
믿고 싶다.
친구여!

이 숨막히는 세상에서
따뜻한 가슴이 있어 정겨운
친구여,
주저 없이 나를 내어놓고 싶다.
가던 길 멈추고
포근한 네 가슴에 안겨
마냥 흐뭇해지고 싶다.

행 복 한 사 랑 도 둑
Choi Jae Ho Photo Essay

내가 만약

—

내가 만약, 화가라면
진실로 화가라면

여름의 정열과
겨울의 고독을 섞어
성숙한 가을을 그리리라.

내가 만약, 시인이라면
진실로 시인이라면

가장 투명한 마음으로
가장 순수한 언어로
사랑을 엮으리라.

내가 만약, 무엇(?)이라면
정말로 무엇이라면

무엇(?)처럼
진정한, 무엇답게
그렇게 살고 싶다.

나의 변 I

밤마다 밤을 잊고 산다.
날마다 낮을 잃고 산다.
나를 잃고 산다.

쉽게 살아보려는 습성 때문에
쉽게 잃어버린 소중한 삶.
눈 뜨면 온통 축복인
햇살조차 잊고 살았다.

죽음이 있기에
생명이 소중하듯이
마지막을 위해
늘 시작하는 마음을 가져야지.

비굴함 없이 남몰래 울 수 있는 자유
눈물 배어나는
수정빛 마음을 갖고 싶어라.

봄

해마다 봄이면
무너져 내리는 가슴

겨우내
모진 바람, 초병 세워
마음의 강보, 둘렀지만
양지쪽 눈 녹듯

따스한 입김에 녹고
정겨운 눈길에 녹고
포근한 가슴에 녹아

무너지고
무너져서
흘러 내리고 있다.

내 안에 내가 없다.
그래도 좋다.
봄이니까 좋다.

봄이면
무너져 내리는 가슴
가슴이 무너져 내릴 때
아!
행복해졌음을.

163
Choi Jao Ho Photo Library

하나가 둘이 되면

하나가 둘이 되고
둘이 셋이 되면
어느새
일곱
여덟
열이 되는 거예요.

작은 것 하나가
둘을 이루고
셋이 되면은
그렇게 작지는 않을 거예요.

사소한 것 하나에
정성을 다하면
작지만 아름다운
은혜가 되는 거예요.

행복한 사랑 도둑
Choi Jae Ho Photo Essay

해바라기

해오름
반짝반짝
싱글벙글
콧노래.

큰 귀
살랑살랑
풋사랑
한 아름.

하늘 향해
쭈삣 쭉쭉
그리움
타는 손짓.

진실

은빛 같으리.
거룩한 성을 향한
진주알 담은 빛깔

이름이여,
구김 없는 동산에
그대가 머물고
뿌리를 내리런가.
내
가난한 마음에.

思 사

어제와 오늘 사이
소롯이 나리운 사색의 나래가
또랑또랑
은방울 되어
나뭇잎에 구른다.

슬픈 구슬
하나
또루룩
구르면
기쁜 진주
하나
포옹을 한다.

마주 잡은 가슴에
정이 흐르고
思(사)의 실마리로
내일을 엮는다.

사창리의 아침

피엘!
듣고 계시나요.
저
흥겨운
시냇물의 노래 소리를.

피엘!
보고 계시나요.
시냇가
작은 돌들의
소박한 모습을.

피엘!
느끼시나요.
가녀린
아침 이슬의
신선한 채취를.

아직도

한두 번
당한 것도 아니고
한번 두번
경험한 일도 아니지만
아직도
꿈을 꾸고 있다.
거꾸로
안락의자에 앉아서.

무엇이 그렇게
즐거운가?
아니
무엇이 그리도
슬픈 것인가?

당신은 이제 스물하고도 오른손
왼손이 좀 먹기전에
눈을 떠야지.

친절에 예외를 두고
누군가를 소홀히 대하고
따돌린다면
아직도
자넨
꿈을 꾸고 있는 걸세.

비

비 때문에
거리가 촉촉히 젖어 있다.
어느새
가슴에도 흥건히 괴었다.
너무 많은 비 때문에
곧 질식해 버릴 것 같다.

비는 여전히
거리에도
가슴에도
내리고 있다.

목 조르는 비 때문에
나를 잃어 버렸다.

우산은 왜 쓰는 걸까.
비가 오는데
내일은 왜 기다려 질까.
비가 오는데…….

인생

인생이 뭔지, 꼭 알 필요는 없지요.
그냥
열 나누기 셋이죠.
마지막 떨어지지 않는 하나가
인생의 참 묘미일 수도 있구요.
풀리지 않는 하나는
사랑으로만 풀 수 있어요.

하늘 아래 숨 쉬고
살며 사랑하고, 때론 아파하고
그리고 세월이 가고…….

슬픔을 그냥 슬픔으로 받아들이는 일도
소중한 일이죠.
슬픔 뒤에 기쁨이 온다는 진리는
소망이지요.
믿음이지요.

단 한 번밖에 주어지지 않는 우리네 인생
후회하지 말아요.
절망은 더더욱 안될 일이죠.

절망 속에서도 희망을 버리지 않는 지혜
인생의 가장 끝 지점에서도
아직도 시작이라는 믿음
은혜이지요, 축복이지요.
그러기에 우리네 인생은 행복의 꽃밭이에요.

사는게 뭘까

사는 게 뭘까?
날마다 무게를 더해가는
숙제 때문에
오늘도 골방에서 책과 씨름 했다.
시작도 끝도 없는 싸움을.

꼬리에 꼬리를 물고오는
왜?의 미소에
어떤 표정을 지어 보일까.
온종일 망설이다가
하루를 잃었다.

"어둠 저편은 반드시 빛이라는"
가녀린 소망을 붙잡고
철저한 모험을 시작한
나의 일상, 나의 하루

어둠이 있어 빛이 존재할까?
빛이 있어 어둠이 존재할까?
모를 일
모를 일.

의문으로 다가오는 하루
숙제로 달려드는 삶
사는게 뭘까?
왜…….

아름다운 삶

정이 많아 슬픈 너는
아름다워라.
눈물은 진실
진실은 소망
사랑이 여기에 있나니
너와 나 우리들의 삶.

다시 돌이킬 수 없는
인생의 엄숙한 여정에서
껍데기는 죽고
알맹이는 영원히 이슬로 남아
학처럼 외로운 법.

비록
미풍에 스러지는 아픔일지라도
한 치, 한 뼘씩
마른 영혼 적셔가는 혼자만의 기쁨으로
이 겨울 모진 바람에도
하나, 둘 의미로 살아
눈이 되어 영원을 사르고 있다.
빛나고 있다.

정이 많아 아픈 너는
향기로워라.
소망은 진실
진실은 눈물로
새롬새롬 살아 나는 것
여기에 의미가 있나니
풍요로운 우리들의 삶!

그래도 좋아요

바보라고 불러요.
그래도 좋아요.
내가 나인 것은
나는 나이므로
채찍질할 수가 있어요.
저만치 모서리까지도.

당신은 아시나요.
현명하다는 사람
그는 또 하나의 바보라는 사실을…….

자기의 이익을 구하지 않고
항상 용서하며
웃음으로
웃음으로
얼굴을 치장해가는
그러한
바보로 살아갈 거예요.

행 복 한 사 랑 도 둑
Choi Jae Ho Photo Essay

작은 충고

자신을 너무 과대 평가하지 마세요.
내가 중요하듯
남도 중요하답니다.

부풀은 풍선 마냥
꿈만 담지 마세요.
나중엔, 나중엔
터져 버려요.

내가 남이 아니듯
남도 내가 될 수 없어요.

환하게 피어난 작다란 꽃 하나가
뭇 사람들의 사랑을 받듯이
자신을 성숙시켜
향기로운 꽃이 되어 보아요.

190 191

버들 강아지

봄이 묻어 있어요.
어쩜
새롬이 알알이
열려 있네요.

그
눈길
그
미소
정에 겨워서
멍든 내 마음
녹아 졌네요.

분홍빛 키스로
가슴은 여울져
개여울 거기엔
사랑이 흐르네요.

부시시 눈비빈
선구자의 행렬
혹시
내 얼굴도 들어 있을까?

행복한사랑도둑
Choi Jae Ho Photo Essay

지금은

갈잎 뒹구는 몸부림 끝엔
아직
여린 동심이 서려 있다.

지금은
흐름을 멈춰버린 개울물처럼
마르고 지친 손짓이지만
흩어진 속살들을 모아
모두를 태워버릴
정열도 남아 있다.

예전엔
봄 바람에 가슴 설레며
잠 못 이룬 적도 있었지.
이슬비가 서러워
울어 버린 적도 있었지.

그러나, 지금은
성숙된 자아
눈물을 태워 어둠을 밝혀야 하는
삶의 클라이막스.

아침

온밤을 드리워
그렇게
싱싱한 아침을 낚았다.

밤의 아픔
어둠의 승화
빛의 영광
이슬의 노래.

이 구석 저곳
햇살의 부서짐
나의 것
동그란 나의 것.

내일 또 내일.
그렇게
아침을 낚으리라.

말장난 Ⅱ

차라리 아픔이었고
문득 아픔이고
어차피 아픔일 거다.

차라리 아픔일 게고
문득 아픔이고
어차피 아픔이었다.

살아 숨쉬고
생각하고
말하고…….

언제부턴가
나의 말장난은 시작되었다.
너의 이만큼에 내가 있기에
너의 저만큼에 내가 있기에.

돌아보면 늘 그 자리
바람에 쌓여
안개처럼 사라지는 모습.

누군가 울고 있다.
누군가 웃고 있다.

누군가 웃고 있다.
누군가 울고 있다.

초등학교 앞

등굣길
초등학교 앞

온통
비누거품
눈이 부시다.
함박웃음
주렁주렁
꽃 향기
싱그러움.

점심시간
초등학교 앞

이야기보
와르르
사랑스럽다.

종알종알
까르르
상큼한 내음.

하교길
초등학교 앞
부픈 가슴
한 아름
온통 솜사탕.
울긋불긋 뒷모습
발걸음 종종
두 눈 가득 엄마 얼굴, 아빠 얼굴
마냥 흐뭇해진다.

나의 변Ⅱ

그냥 침묵이 좋아질 때가 있다.
때론 파도처럼 소리치고 싶을 때도 있다.
사랑도
침묵처럼, 파도처럼
그냥
그렇게 하고 싶을 때가 있다.

겨울엔 여름이 좋아 보이고
여름엔 겨울이 좋아 보이는 것
그것을 그냥, 순리로 받아들이고 싶다.
그것마져 거스르며 살고 싶지는 않다.
생각하면
우리는 얼마나 많은 말의 홍수에, 논리의 횡포에, 체면의 강요에
윤리의 올무에 가슴 조여 왔던가?

한 포기 들꽃처럼
나도 그냥 평범한 사람이고 싶다.
그 위에 하나님의 사랑을 채우고
나중엔 그분께 모든 것을 맡기는 지혜로 살고 싶다.

요즘 들어 부쩍
"..은 좋다, ..은 싫다."라는
흑백 논리가 너무 싫다.

그냥, 그냥
여유를 가지고
하늘을 쳐다보며
미미한 나의 존재를 확인하고 싶다.

204 205
행복 한 사 랑 도 북
Choi Jae Ho Photo Essay

학

정이 많아 슬픈 넌
아름다워라.
세월을 삭혀
눈물처럼 맑은 가슴을 드러낸 널
난 아직 모르지.

난 아직 산을 모르지.
네가 사는 마음의 고향을 모르지.
네가 모르는 바다도 모르지.
무엇을 모르는지조차 모르지.

한 줌
바람과 꽃의 설레임
흙과 땀의 의미를 모르지.
무딘 손길들이 모여
이처럼
섬세한 푸르름으로
온통 가슴을 수놓는 벅찬 기쁨을
난 아직 모르지.
젊음의 언어와
사랑을 모르지.
평생을 두고 애태운 것
무엇을 얻었는지
무엇을 잃었는지를
난 아직 모르지.
학! 학이 되어 날아가는 꿈
그 꿈의 빛깔을 모르지.
그 눈망울에 비친 우리네 삶을
난 아직 모르지.

돌

저기
오롱조롱
돌
하나, 둘, 셋......

익어 간다.
순박함 꿈이
세월과 함께.

아가야!

아가야!
마음 줄 곳 없어 흔들림을 아니?
그래, 그래
아직은 모를거야.
아니, 아니, 모르는 게 좋아.

내 아픔은 이렇단다.
세상은 너무 빨리 변해가고
말하자면
사람은 더 이상 사람이 아니고
꽃은 꽃이 아니고
정직은 정직이 아니고
사랑은 사랑이 아니고
더 이상.

하지만 사실임을 어쩌겠니.
난 네가 좋아.
지금 그 작은 모습이
배워서 배워서
마지막 가야 할 곳
그것이 바로 네 순수한
마음의 밭임을
너는 아니?
정말, 모르니?

행 복 한 사 랑 도 둑
Choi Jae Ho Photo Essay

나는 이런 조카가 좋다

나는 조카가 좋다.

새근새근 잠잘 때 그 실룩거리는 돼지코가 좋으며 물 떠오라는 말에 번개같이 갔다와 빈 그릇만 내미는 그 정성이 좋으며 노래를 부를땐 작사 작곡 편곡까지 마음대로 하는 선천적인 음치자질은 신경질이 나도록 좋다.

천 원짜리 종이돈을 십 원짜리 쇠꼽돈보다도 우습게 여기는 그 청렴결백함을 좋아하며 동네 아이들과의 싸움에선 백전백패, '아아앙' 하고 골목이 떠나가도록 승전가를 부르는 조카의 기백은 눈물이 나도록 좋다.

'거지 온다! 거지~' 라는 나의 외침에 총알같이 이불 속에다 머리를 박는 엉거주춤한 낮은 포복이 좋다.

　맛있는 것은 용케도 내게 빼앗기는 그 신통함이 좋으며,
소꿉장난을 할 땐 끝까지 고집을 부리며 아빠만 하겠다는
그 지조가 좋다.
　연필에다 침을 발라가며 받침 없는 이름 석자를 용케도
적어 놓는 그 약식 훈민정음을 좋아하며, 물도 없는 세숫대
야에 헝겊 하나를 빨래판 위에 올려놓고 열심히 엄마 흉내
를 내는 그 깜찍함을 좋아한다.
　아빠 이름은 선생님, 엄마 이름은 사모님이라는 그 호칭
을 좋아하며, 잘 울고 잘 웃는 풍부한 감성을 좋아하고, 같
은 나이 또래의 여자아이를 보면 금방이라도 얼굴이 발개
지는 그 선천성 여자밝힘증이 좋다.
　어쩌다 티비에서 야한장면이라도 나오면 '에에이, 또 사
랑한다 사랑~' 하며 온 집안을 웃음 바다로 만드는 그 철
저한 삼강오륜을 좋아한다.
　언제나 우리가족에게 웃음을 주며, 사랑을 주는 조카!
　나는 이런 조카가 정말정말 좋다.

아름다운 세상에

첫째딸 다현이의 탄생을 축하하며

92년 7월 28일 오후 2시 40분에
세상에서 가장 빛나고 예쁜 별 하나를 얻었다.
그게 너다, 다현아.

생각하면 할수록
놀랍고 오묘한 인연
사랑의 울타리에서 영원토록 사랑해야 할
우리는 한가족
빛나는 셋도 되야 하지만
조화로운 하나가 되야해.

앙증맞은 손, 오똑한 콧날
잠든 네 모습을 보며
너무나 예뻐 눈물이 나는 그 마음
너도 크면 알게 될 거야.

다현아,
할머니 할아버지께서
엄마, 아빠를 위해 그러셨듯이
너를 위한 일이라면
뭐든 다할게.
착하고 귀엽고
건강하게 자라주렴.

1992. 8. 6 다현이가 세상에 태어난 지 열흘째 되는 날에.